獻給羅伯特

♥ iREAD

ⓒ 大藝術家巴布

文　　圖	瑪莉安·杜莎
譯　　者	柯倩華
發 行 人	劉振強
出 版 者	三民書局股份有限公司
地　　址	臺北市復興北路386號 (復北門市)
	臺北市重慶南路一段61號 (重南門市)
電　　話	(02)25006600
網　　址	三民網路書店 https://www.sanmin.com.tw
出版日期	初版一刷 2017年2月
	初版三刷 2024年3月
編　　號	S 858211
I S B N	978-957-14-6268-4 (精裝)

Originally published in the English language as
BOB THE ARTIST by Laurence King Publishing
Ltd. in 2016
Copyright © 2016 Marion Deuchars

This edition is published by arrangement with
Marion Deuchars, c/o William Morris Endeavor
Entertainment, LLC., through Andrew Nurnberg
Associates International Limited. All rights reserved.
Chinese translation right © 2017 San Min Book Co., Ltd.

小山丘官網

三民網路書店
www.sanmin.com.tw

大藝術家 巴布

瑪莉安·杜莎／文圖

柯倩華／譯

小山丘

「天氣真好，正適合讓我這雙美腿出去走走。」巴布說。

「噁心！看看那兩條瘦巴巴的腿。」貓說。

「邖可！
来看好
滑稽的
竹竿走路。」
貓頭鷹說。

「哎呀！
你的腿怎麼
這麼瘦弱！」
其他的鳥說

這些嘲笑
使巴布
非常難過。

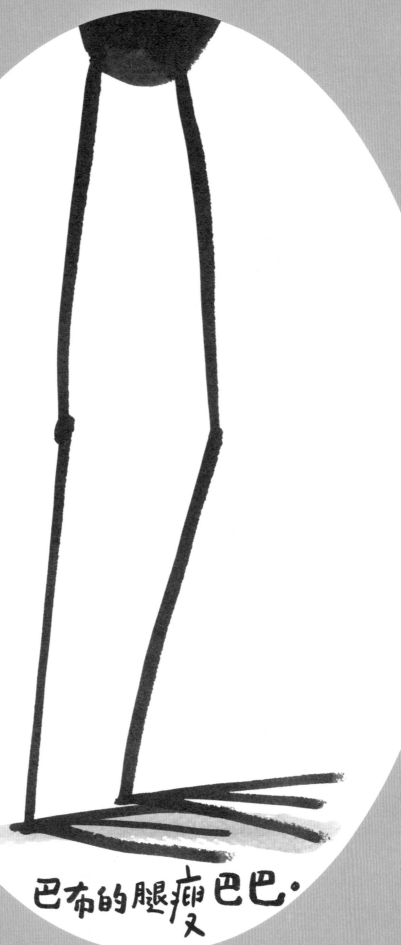

巴布的腿瘦巴巴。

巴布想到一個主意。 健身房

「我要做運動，
使我的腿
變強壯。」

可是，沒有用。

餐廳

「我知道了。我要吃東西，使我的腿變強壯。」

於是，巴布一直吃、
一直吃、
一直吃。

可是，
沒有用。

他的下一個計畫很簡單。

「我要穿上衣服，
把我的腿
遮起來。」

流行服飾店

可是，他覺得自己很可笑。

已布走了一段很長的路。

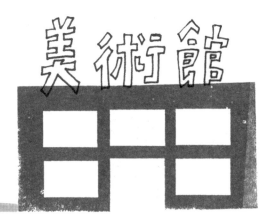

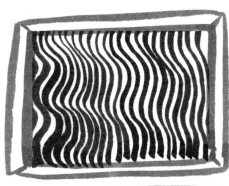
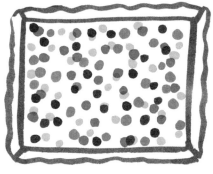
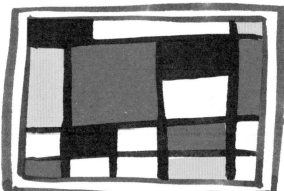

已布想到一個聰明的主意。
他拿出顏料，開始在自己
的嘴上塗顏色。

星期一，他畫了美麗的彩色圖案，
像馬蒂斯的風格。

「哇呵!
多麼別緻!
天才!
不可思議!
勇氣可嘉!
奇妙的色彩!
令人驚嘆!
太聰明了!
藝術傑作!」
貓頭鷹說。

星期二，巴布在他的嘴上畫了鮮明的潑彩畫，像畫家傑克森・波洛克的風格。

「哇！
不可思議
的鳥嘴！」
貓說。

於是，王現在巴布每天都用不同的風格在他的嘴上作畫。

巴布很喜歡炫耀他
那美妙的鳥嘴設計。
他不再為瘦巴巴的腿煩惱了。
事實上,他現在為它們
　　　　感到相當自豪呢!

有時候，巴布甚至喜歡讓嘴保持原本的紅色。

「走路的姿態多麼優雅啊！」貓頭鷹說。

「這雙腿太棒了！」貓說。

「極簡風格！」